Dla Leo
For Leo

Hieronymus Betts and his Unusual Pets copyright © Frances Lincoln Limited 2005
English text and illustrations copyright © M.P. Robertson 2005

Polish translation copyright © Frances Lincoln Limited 2007
Translation into Polish by ToLocalise
www.ToLocalise.com
info@tolocalise.com

First published in Great Britain and the USA in 2005 by
Frances Lincoln Children's Books, 4 Torriano Mews,
Torriano Avenue, London NW5 2RZ
www.franceslincoln.com

This edition published in Great Britain in 2007 and in the USA in 2008

British Library Cataloguing in Publication Data available on request

ISBN 978-1-84507-855-3

Illustrated with pen and ink and watercolour

Printed in Singapore

1 3 5 7 9 8 6 4 2

**Visit M.P. Robertson's website
at www.mprobertson.com**

Hieronim Pieta
i jego Niezwykłe Zwierzęta

Hieronymus Betts
and his Unusual Pets

M.P. Robertson

F

FRANCES LINCOLN
CHILDREN'S BOOKS

Hieronim Pięta posiada niezwykłe zwierzęta.

Hieronymus Betts has unusual pets.

Siorbacz ślimakopotam to jego najbardziej oślizgły

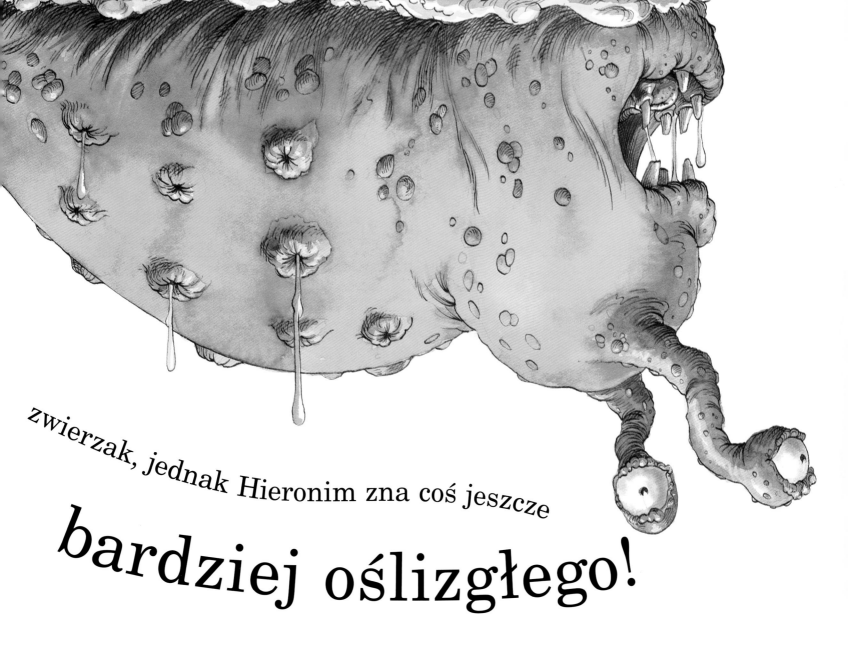

zwierzak, jednak Hieronim zna coś jeszcze

bardziej oślizgłego!

Slurp the slugapotamus is his slimiest pet
but Hieronymus knows of something even
slimier!

Skrzek wielkoplamisty ptak wyjący to jego

najbardziej hałaśliwy zwierzak,

zna coś jeszcze

jednak Hieronim

bardziej hałaśliwego!

Screech the greater-spotted howler bird is his noisiest
pet but Hieronymus knows of something even

noisier!

Żarłacz szablozębny zaborożec to jego najbardziej żarłoczny

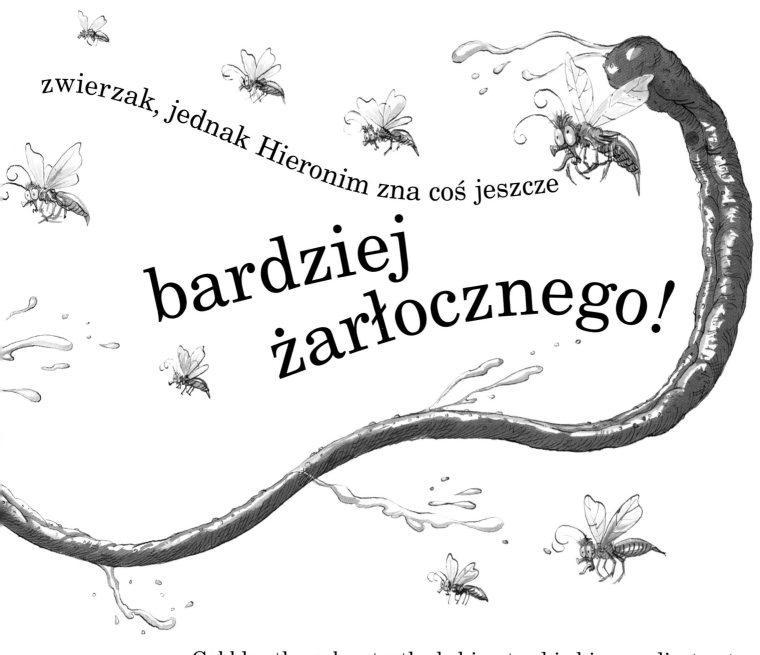

zwierzak, jednak Hieronim zna coś jeszcze

bardziej żarłocznego!

Gobbler the sabre-toothed rhino-toad is his greediest pet but Hieronymus knows of something even

greedier!

Przytulacz jeżowąż to jego najbardziej

przerażający zwierzak, jednak

Hieronim zna coś jeszcze

bardziej przerażającego!

Cuddles the porcupython is his scariest pet
but Hieronymus knows of something even
scarier!

Warkomruk niedźwiedziozając to jego najdzikszy zwierzak, jednak Hieronim zna coś

jeszcze dzikszego!

Growler the grizzly hare is his fiercest pet but Hieronymus knows of something even

fiercer!

Śmierdziuch wieprz bagienny to jego najbardziej śmierdzący

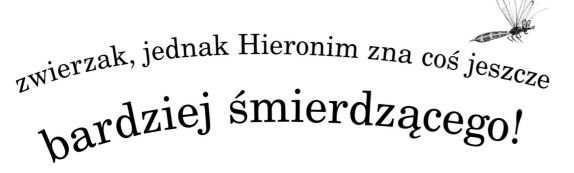

zwierzak, jednak Hieronim zna coś jeszcze
bardziej śmierdzącego!

Stinker the bog hog is his smelliest pet
but Hieronymus knows of something even
smellier!

Dziwnożamoskok jakmutam to jego najdziwniejszy zwierzak,

Oojamaflip the whatchamacallit
is his strangest pet
but Hieronymus knows of something even
stranger!

jednak Hieronim zna coś

jeszcze
dziwniejszego!

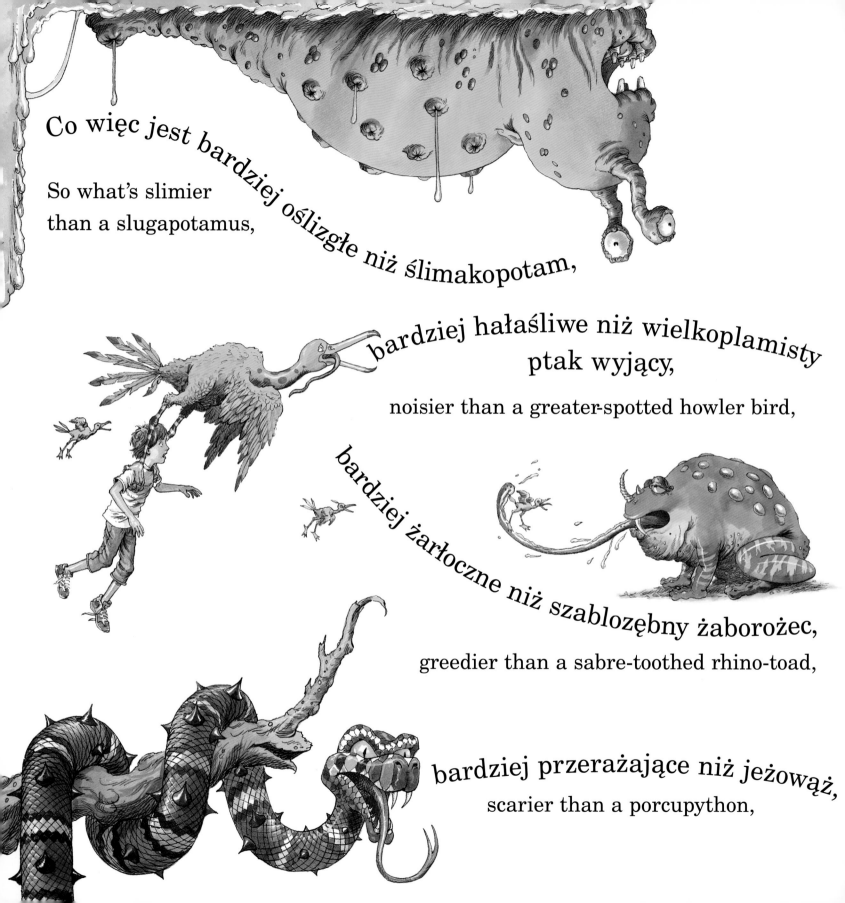

Co więc jest bardziej oślizgłe niż ślimakopotam,

So what's slimier
than a slugapotamus,

bardziej hałaśliwe niż wielkoplamisty
ptak wyjący,

noisier than a greater-spotted howler bird,

bardziej żarłoczne niż szablozębny żaborożec,

greedier than a sabre-toothed rhino-toad,

bardziej przerażające niż jeżowąż,

scarier than a porcupython,

dziksze niż niedźwiedziozając,

fiercer than a grizzly hare,

bardziej śmierdzące niż wieprz bagienny,

smellier than a bog hog,

i dziwniejsze niż jakmutam?

and stranger
than a whatchamacallit?

Czy masz na tyle odwagi,

aby odwrócić stronę i przekonać się?

Dare you turn this page to find out?

Młodszy brat Hieronima – to właśnie on!

Hieronymus's little brother –
that's what!

Ale choć jest bardziej
oślizgły *niż*
ślimakopotam,

But even though he's
slimier than a slugapotamus,

bardziej hałaśliwy niż
wielkoplamisty ptak wyjący,

noisier than a greater-spotted howler bird,

bardziej żarłoczny niż
szablozębny żaborożec,

greedier than a sabre-toothed
rhino-toad,

bardziej przerażający niż jeżowąż,

scarier than a porcupython,

dzikszy niż
niedźwiedziozając,

fiercer than
a grizzly hare,

bardziej śmierdzący niż
wieprz bagienny,

smellier than a bog hog,

i dziwniejszy niż

jakmutam…

and stranger than
a whatchamacallit…

więcej z nim uciechy niż z jakimkolwiek zwierzakiem!

he's more fun
than any pet could ever be!